ラッキーストライク

(Shimpei Asai)

浅井愼平

幻冬舎

序

無知のこころに浮かぶ
明るい虚無の石鹼玉
風に吹かれて
あなたの胸に弾けば
ぼくは冬の日に微笑する
手袋を脱ぎ
指を青空に染めながら。

アートディレクション――神長文夫
デザイン――松岡昌代

ラッキーストライク

目次

さみしさ

このさみしさはなんだ
ピアノの鍵盤の右端の音のような
夜空に浮かぶ雲のような
アスファルトに溶ける
ひとひらの雪のような
月の裏側に転がる小石のような
けれど
窓を開ければ灰色の空に

ひとすじの青。

さよなら

いまはいつも過去なので
写真家の胸は
切なさでしめつけられる
さらさらと
早春の光は逝き
石に染みて
この惑星とともに回る
写真家は

未来からくる汽車を待ちながら
さよならは
剃刀のようだと思う。

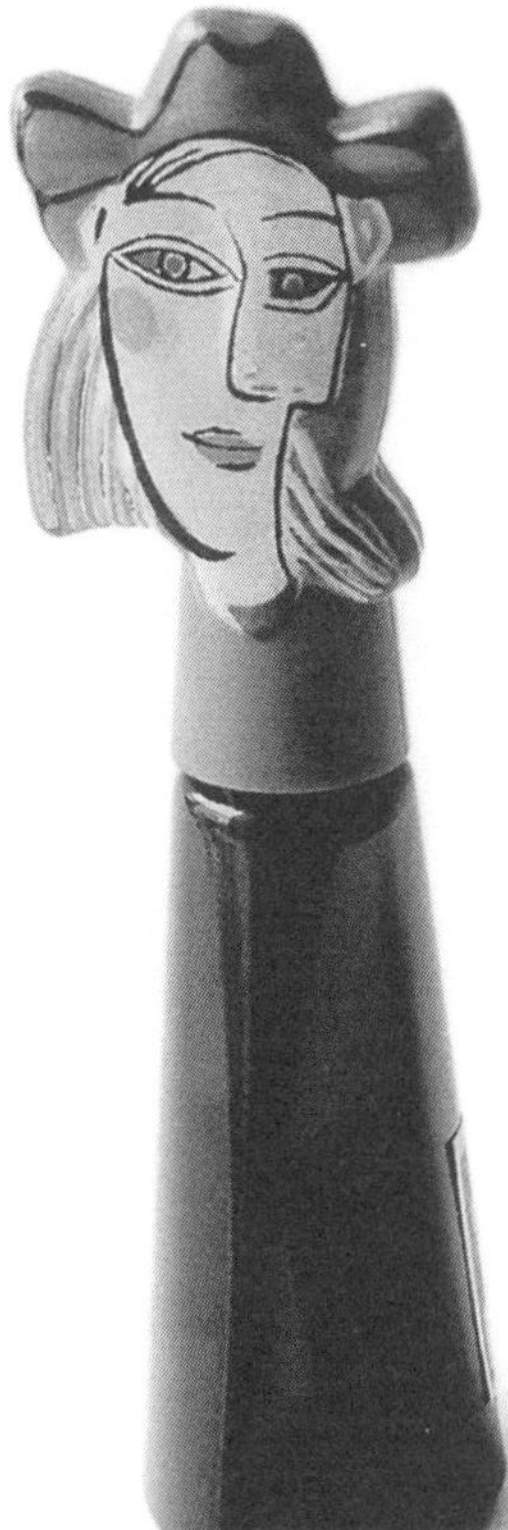

いのち

はじめから
失くすものなんかなかったんだ
それでも
雪は溶け
小川になって音を立てて流れ輝き
なんと眩しいことか
空に鳴る透明な鐘の音は
通り過ぎる月日

七色の光が降り
きりきりとこころは洗われて
はじめから
失くすものなんかなかったんだ。

サヨナラ

雨の日は
胸の穴がけぶって
なんだか
憎しみも苦しみも
なにもかも溶けて
青い灰色
さがしものは見つかりましたか
誰かが耳元で囁く

雨の日は
胸の穴に雨が溜まって
窓硝子も電柱も看板も
なにもかも溶けて
青い灰色
もうなんだか
サヨナラ
サヨナラ。

雪と花

父に雪降り
子に雪降り
父に雪積もり
子に雪積もり
父に花降り
子に花降り
父に花積もり
子に花積もり

父に盃
子に盃
湯豆腐の白きに涙する
父に雪降り
子に雪降り
父に雪積もり
子に雪積もり
父に花降り
子に花降り
父に花積もり
子に花積もり。

人間よ

人間よ
そんなに食べて
どうする
人間よ
そんなに食べ残して
恥ずかしくないのか
食べ物はいのちだということを
忘れたのか

つつましやかな日々が
そんなに嫌か
祭は待ち遠しく
忘れた頃にやって来るものじゃないのか
微笑の似合う穏やかな日々が
好きじゃないのか
人間よ
その食べ方は卑しいじゃないか
人間よ
その食べ方は戦争じゃないのか。

純粋な矛盾

雪は降りはじめ
白くほの暗い部屋
疲れたこころに残され
凍り　やがて溶け
空に昇っていった
十五歳の純粋な矛盾
触れれば痛いじゃないか
純粋も　矛盾も

まして窓から見える空と雪は。

青い人

真昼
小川のほとりにあるレストランにいった。
草におゝわれた庭に椅子とテーブルと
パラソルが立てられていた。
ぼくたちは椅子に座り
みんなはＢＬＴサンドイッチとミルク
ぼくはソーダ水を注文した。
小川にはたくさんのクレソンが生えていた。

ぼくはそれを摘んで
白い皿とソーダ水の入ったグラスに入れた。
それから少しだけ塩を振りかけてたべた。
ほろ苦く青い味が口のなかに広がった。
そこは英国の田舎だったので
人々の声は音楽のように聴こえた。
ぼくは現実であることを忘れ青い人になった。

疾走する砂漠

砂漠を飛び去った
石英の粒の
億光年の彷徨を
夕陽の銀幕に映している
喉は渇いて
風は甘く
ぼくが石英の粒になることさえ
次回上映の予告編になって

流れる音楽はモーツアルトの
ピアノソナタ八番第一楽章
どうやら
テーマは疾走らしい
夕陽が沈むまでの
あるいは億光年の。

冬の壜

潮騒を壜のなかに
とじ込めたら
もう冬
少年は毛布にくるまって
あの人のことを想い出す
あの人の匂いは
くちなしのようだったと。

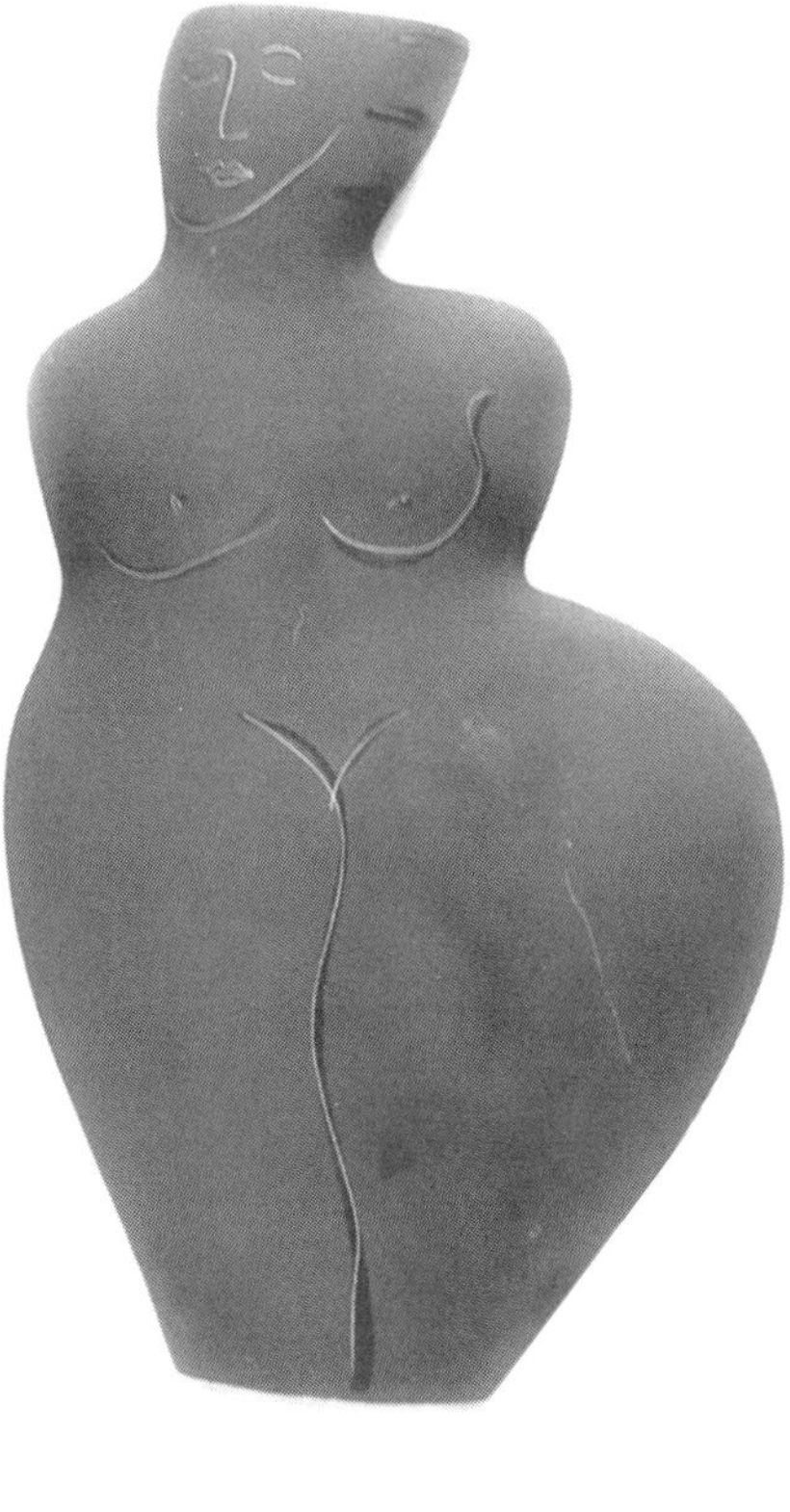

ランプ

アイスランドの遥かな大地のはずれの小さなホテル。
一階のレセプションの片隅にあるバーで酒を飲んでいた。
からだもこころも酒を止めることを知らず
気づけば人間ばなれの夢の中。
ふと見上げた壁にぼうと点くランプ。
ニューヨークのバーで見たものと似ている。
酔った頭は
ここはニューヨークかと思う。

時空は回り
もうどこにいるのかわからない。
それでも
ランプをカメラに詰めることをわすれなかった。
いま、時空は東京。
フィルムの中のランプを眺め
あなたに話しかけている。
ここはどこですか。

夜の散歩

今夜も
夜空の遠くへ
天使に会いにでかける
ブランコに乗る天使
ベンチに座る天使
唄う天使
考える天使
火星でこおろぎが鳴いている

土星ですず虫が鳴いている
もう還らなくては。

二十世紀最終汽笛

二十世紀の最終汽笛を
聴いたのはどこだったか
あれは闇の中
夢の奥の底の茫漠
その記憶を
言葉と写真に残して
本にしたら
酒蔵から葡萄酒になって

現われた
深々と赤い記憶の液
グラスに注ぎ
見つめると
ボウウ
ボウウ
ボウウ
あゝ二十世紀の最終汽笛が
また鳴った。

女人像

あなたを抱いたら
はらはらと砂がこぼれた
あゝあなたの
千年の月日
遥かな旅路
遠ざかる地平
天を馬がゆく
ぼくは掌の上の砂を

陶然と眺める
都の春は音もなく
さらさらと流れ
降る陽ざしは
石のテーブルに落ち
虚無という時計が鳴って
ただ佇むばかり。

錆色のこころ

雪の日の午後は
鉛筆の色が濃くなると
詩人はいう
鉛筆だけじゃないよ
ぼくのこころも
錆色に染まって
夕闇へ
まっさかさま。

南の島からの手紙

ずっと
ずっと
昔
二十世紀の半ば過ぎ
ぼくはタヒチから白い手紙と
砂粒と小さな貝殻を
封筒に入れて
宛先のない

ぼくにだした
ニューヨークで失くしたカバンを
十二年後のセントルイスの空港で
見つけたように
あの手紙もいつかベニスの港で
見つかるかもしれない
貝は割れて
砂は上海や
ロサンゼルスでこぼれ
白い手紙は黄ばんで
人生の流転と機微と月日が書きこまれて。

油彩のパレット

おしゃべりな
絵の具は
パレットの上
誰もいない部屋で
笑い
唄い
哀しみ
踊る

ぼくは鍵穴から
そっと覗く
冬の柔らかい陽ざしが
ゆっくりと回って
こんな午后は
遠い日の夢のよう。

水晶

境界のある無限
かたちのある永遠
感傷のない運河
透明な絶壁
数学と幾何学と物理学と化学
聴こえない音楽
遊泳や花火
完璧な幸福

きっぱりと宇宙をとじ込め
死とか生とか
光とか闇とか
ぼくが知っている
ほんのわずかな事柄
あるいはすこし　めんどうな
出来事や仕組みを
なんの苦もなく溶解して
青空を映している
十四歳の日の
ポケットの中の宇宙。

硝子戸

小学生の頃
風邪をひいて
学校を休んだ日
硝子戸から外を眺めていた
風が吹いて
樹木が揺れ
なぜかこころが
やすらいだ

漱石が「硝子戸の中から」
世間を見ていたと知ったのは
中学生の頃
世間を眺めるには
硝子戸の中からが
いちばんだと思った
硝子戸の中から
世界を覗き見る面白さは
いまも変わらない
風が吹いて
花が散って

雲が流れて
胞子が飛んで。

燐寸箱

机の引出しを整理していたら
隅から燐寸箱が出てきた
あゝ懐かしい
これは一九七〇年に
ぼくと伊丹十三さんの二人で
渋谷の百貨店で開いた
一週間だけの
バードウォッチャーズ・バーの燐寸箱

そうそう
あの時　雑貨屋もやったっけ
ホリディ・マートと名づけて
あゝ懐かしい
伊丹さんは自分で死んじゃって
もうここにはいない
どうして　なんてきいても
こたえてはくれない
あの時の燐寸箱だけが
なにかの約束のように
ひっそりと残って

時だけが
チリチリ
チリチリ
サラサラ
サラサラ。

1916
ORIGINAL BLEND

星のかけら

石ころが
星のかけらだと知ったのは
中学二年生
夏休みの空に投げた
石ころが星になって
ぼくの手のひらに戻ってきた
だが永遠は
いまも空に浮いている

中学二年生の時のまま。

ビートルズ

束の間をいくつも重ねて
季節は過ぎていった
風が吹いていた
雨が降っていた
花が散っていた
ビートルズを撮ったのはだれ
ニコンFブラックボディ
製造番号６４７９９１５

エクタクロームを詰めて増感した
荒れた粒子
ハイキー
ブレ
ボケ
アウトフォーカス
ハードデイズナイト
ヘルプ
ミッシェル
ガール
レットイットビー

ノールウェイの森
レボリューション
イエスタディ
すべてが過ぎた日の感傷
センチメンタルなフォトグラフ
一九六六年六月の一〇〇時間
ビートルズは不在なのに
東京の空に銀色に輝く感傷
ハードデイズナイト
ヘルプ
ミッシェル

ガール
レットイットビー
ノールウェイの森
レボリューション
イエスタディ。

夕暮れ

秋の日
孤独をそっと取り出して磨いている
孤独は鋭くとがって
冷たく透明だ
窓の外を影がよぎった
誰かが見ている
早く隠さなくては
透明な孤独を。

ボストンから

旅をしながら
世界のページをめくっている
ケープコッドのさびれた灯台と岬
風が冷たかった
帰り際に沼で手を洗った
青草が目に沁みた
二日前にボストンのフェンウェイパークで
ベースボールを観た

レッドソックスがヤンキースに四対三で負けた
世界のページの不条理の連続
今は
ボストンからジェット機に乗って
スチュワーデスにコーヒーと毛布をもらい
ロングビーチに向っている
雲の上を飛んで
六時間後にはイーグルスが歌ったホテル・カリフォルニアに
チェックインしているはずだ
時差は三時間
ぼくはこうしてあと何枚の

世界のページをめくるのだろう
ケープコッドの冷たい風を頬に残して。

満月

雲がちぎれて浮いている
あゝ秋が来た
こんな夜はぬる燗だ
「針さんまをあぶってくれ」
店にはぼくのほか客はいない
「静かだね」
「静かですね」
主人は屈託なく笑って小声でいう

入口の暖簾に月の影がさし
輝いて風に揺れた
「満月だね」
「満月ですね」
「もう一本」
ぼくは銚子を摘んでさし上げる
「もう一本」
主人は小声でいう
今夜は三本飲んだら
満月を抱いて帰ろう。

酒

三本目の燗酒を
いのちを惜しむようにちびちび
飲んでいる
徳利とおちょこは
宇宙を飲み込んで
ああ　蒼灰色のこころ
人生の終焉に
一滴の酒の雫が

真っ逆さまに
銀河に落ちてゆく百年の月日。

世界

片隅の集積が世界だ
なんと壮大な計画
ぼくが写真機を覗くのは
その計画を知るため
けれどたった五〇年じゃ
何もわかりゃしない
壁を見つめているだけで
一日が過ぎる

いや
一〇年はかかる
北斎よ
写楽よ
ガリレオよ
ダ・ビンチよ
アインシュタインよ
舌だし天使よ
ぼくというぼくよ
壮大な宇宙よ
永遠の計画よ。

アウシュビッツまで

修道女が二人
籠に花を入れ
胸に花束を抱えて
歩いていく
灰色の雨の中
銀色の雨の中
向こうから自転車を引いてくる
老いた農夫は

黒いハンティング帽を被り
荷台の籠に
山盛りの林檎を載せている
修道女と
すれ違うとき
農夫は会釈する
修道女は頭をさげる
アウシュビッツの町外れ
収容所まではあと二キロ
ぼくは車の窓にもたれ
外を眺めている

収容所までは
あと一キロ
灰色の雨の中
銀色の雨の中
世界はぼくたちを残して
飛び去って行く
一九四五年
一九九九年
収容所までは
あと一キロ
灰色の雨の中

銀色の雨の中
収容所までは
あと百メートル。

猫の風太

風太よ
ずいぶんと痩せちまったなあ
猪苗代の丘の草原を
バッタを追って駆けていった
あの頃が夢のようだ
五月の青い風が吹きわたって
昼の月が空に浮かび
遠くの田園のなかを汽車が走っていき

ぼくはねそべって
すこし甘くひんやりした空気を吸っていた
風太よ
キミの緑色の目に
いま映っているのはそんな日々と
灰色の壁に止まっている
一匹の動かない蠅。

LEMON BOMB MK3

すべてはビッグバンから始まった
そう　爆発から宇宙は生れたらしい
爆発は平和でも戦争でもなかった
爆発は創造だった
梶井基次郎合名会社は
檸檬爆弾を三個製造した
一個は基次郎が丸善に運んだ
もう一個は寺山修司が空に持っていった

そして最後の一個はめぐりめぐって
ぼくの手に入った
製造番号ＭＫ３
だから
ぼくは
いつでも世界をビッグバンできる
ＭＫ３がぼくの部屋のイタリアンマーブルの引出しの奥に
ジャマイカンラム印の燐寸と一緒に
そっと隠してあるのだから。

空

空は美しい
こころは悲しい
だから
ショパンはピアノを弾き
ぼくは写真を撮る
けれど
空を切りとっても
ただ青いだけ。

写真機

森にこぼれる陽ざし
草原を揺らす風
小川の淵の灰色の影
あなたの唇がそっと開いて
すべてはこの星の片隅にあった
青い永遠というものがあって
だからぼくはカメラのシャッターを押す
あれは万回億回の孤独な遊戯

暗い箱の中で
魔法の鏡がくるりと回転して
時と世界を剃刀のように切る
あの人の足音も影も
ぼくの胸のため息も
すべては走りながらとまって
すべてはとまりながら走る。

夏休み

少年は電線を伝い
恵那山に湧く積乱雲にたどりつく
すっかり疲れてしまって
足を滑らせる
あわてて両手を広げ
真っ逆さまに落ちていく
すると　砂漠が見える
あっ　モロッコ

ラクダに乗った商人の列
笛を吹き太鼓をたたくピエロたち
パイプで煙草を吸う髭の男
きらびやかな衣装をまとう胸の大きな女
砂漠はうねり連なり
地平線は遥かに斜め
少年は積乱雲を抜けて落ちていく
もう恵那山は見えない。

天使

「君はガブリエル?
それとも
ミカエル?」
ぼくは天使にきいた
「ガブリエル」
天使は透き通る声で唄うようにいった
冬の銀河の星のたまり場の
カフェはすこし寒い

地球に還らなくてはと
ぼくは手を広げ足で空をキックする
ベッドまでは数秒
ガブリエルの吹く喇叭が
遠くできこえる
環状七号線を走る
バイクの音がかぶさって
ぼくはもうベッドの中
やがて
東京の夜明け
混沌がはじまる。

サハラ ホテル

まずしいこころが
砂のように
かなしみを
吸いとるとき
夜は明けはじめて
窓のビロードのカーテンに
傷つけられた
三日月のかたちをした穴から

灰色の光が射しこんできた
サハラ　ホテルは
砂の墓標
虚無というものが
かたちをもつとしたら
小鳥は鳴かず
陽は昇りつつあって
それでも地球は青い星であると
まずしいこころは
知っている。

星屑

アフリカ
サハラ砂漠
キャンバス布のベッドにねそべって
星を眺めていた
ここは星
ため息のように言葉が口をついた
サハラの赤い砂は星の粒
掌にのせると星の光を受け輝いた

空に星屑　地に星屑
あゝ人のこころにまたたく星々
ぼくは目を閉じ眠った
かすかな砂漠の匂いを嗅ぎながら。

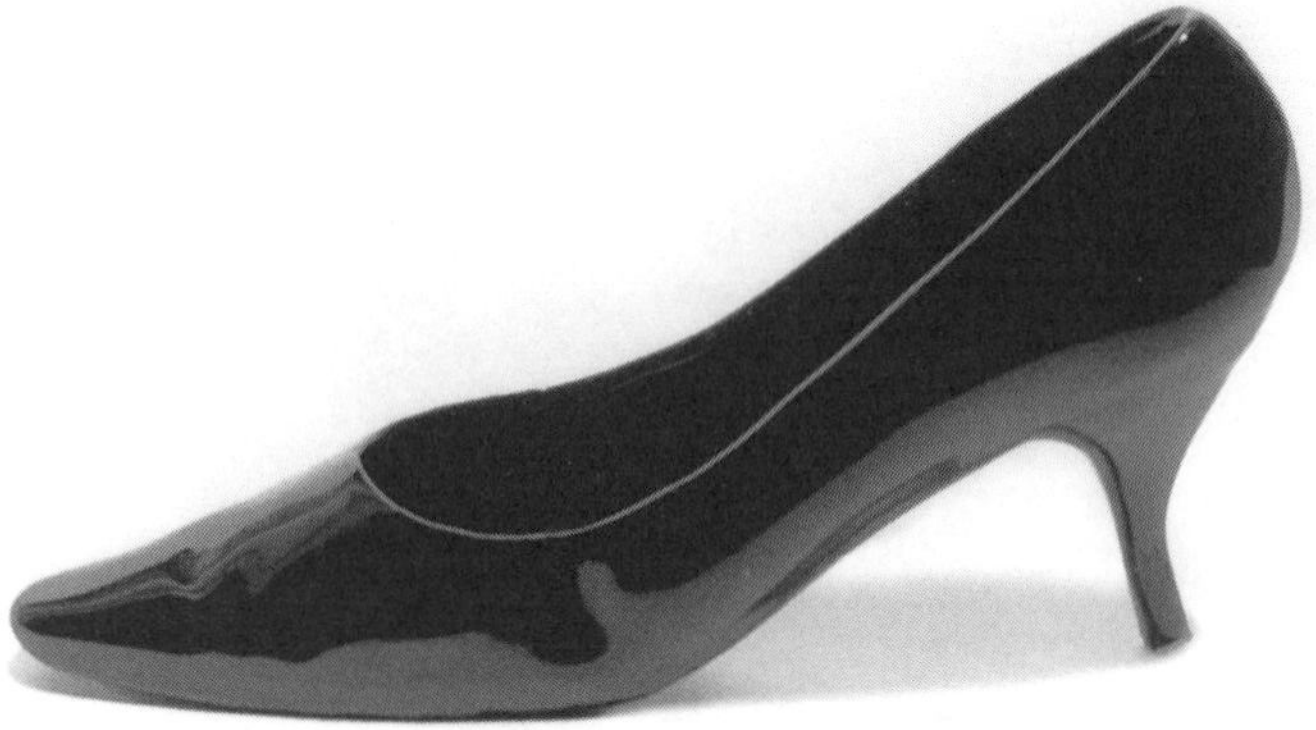

忘却

ぼくは忘却の彼方からやってきた
沼の底のソドムゴモラ
それなのに華やいだ女の子にも
愛された思い出などもあって
つばを飛ばしたり鼻汁をすすったり
そして結局はいつもさよなら
気がつけばいつも終わりのピリオド
もう忘却の彼方に戻れやしない。

世間

結局　ぼくには条理などは無く
不条理な世間があったのだ
サヨナラだけが混沌から離脱する方法なのか
だが　やがて行くところも世間なのか
そうだ
混沌を希望に変える
青いヒヤシンスの球根を植えよう
ぼくの好きな数式のような汚れなき球根を。

石ころ

永遠はお前の内にある
たとえば
お前は骨だ
お前は石ころだ
砂だ
塵だ
風だ
雲だ

蠅だ
トンボだ
くじらだ
そしてなにより
壮大な宇宙だ
だがお前は神ではない
風だ砂だ
石ころだ。

こころ

泥の河に沈んだ
ぼくのこころに
それでも
わずかな光がとどいて
こころは泡になって
水面にのぼっていく
あゝ暖かく柔らかい光
やがて水面にふれれば

ぼくのこころは消える
あの青く澄んだ遠く遥かな空に。

哀しみ

哀しみは疾走している
哀しみには追いつけない
哀しみが明るいのはそのためだ
グラスの中に透ける陽の
ふいに翳って
ぼくたちは黙る
もう秋だ。

冬の蜂

よろよろと歩く
石の上の蜂
蜂は邯鄲の夢を舞っている
そのことを知るのに五十年の月日がかかった
月日のなんと重いことか
冬の蜂よ
能楽師よ
どこかで鼓が鳴っている。

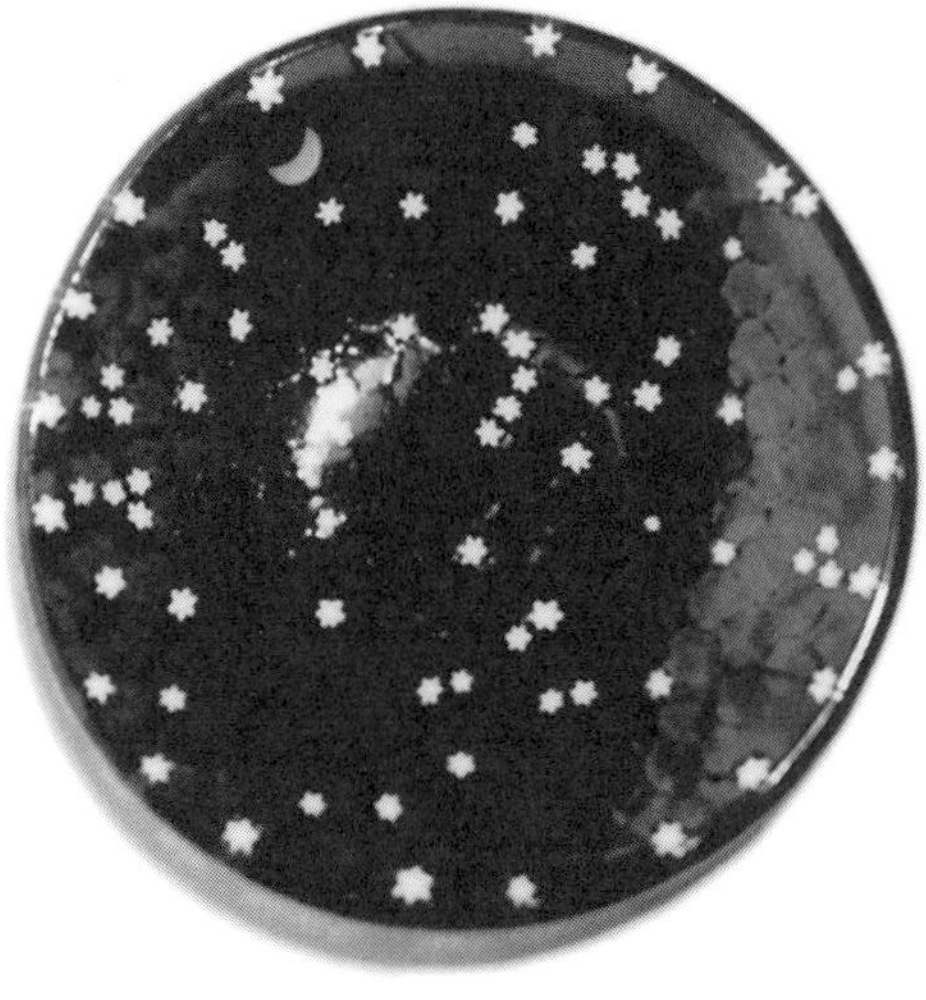

怠惰

目が覚めると
ラジオから
「午後四時の音楽」のテーマが流れていた
あれは映画「七つの大罪」の主題曲
一九五九年の六月
その日は雨で
灰色に染まった鶴巻町の友人の下宿
貧しい庭に柿の木が植えられていた

柿の葉の明るい緑に滴り落ちる雨を見つめていた
ただ暮れていく今日という日に
アンニュイという文字が重なって
四畳半の下宿の扉を開けたまま
明日が来るとも考えず
若さだけが流れて
机の上に投げ出された「近代日本政治史」の教科書
あれはある日ある時という怠惰
午後四時の。

ラジオ

楡の木の陰の欲望
小屋の窓辺にある灰色のラジオ
あれは誰の声
昭和二十年夏に発信された
しわがれた声
信じられるものは何も無く
人はいつだって喋り続ける。

金魚

誰もいない部屋
金魚鉢に入れられた一匹の金魚
柱時計がカチカチ鳴って
窓硝子に庭の木々の揺れる影があって
幼い弟は寝そべったままで
父も母もいない。

人差し指

今日もオレはピストルで人を殺した
オレのピストルは人差し指
撃たれたあいつは
バーの床に崩れ落ちた
あいつはもうこれで数十回死んだ
なのに死んだあいつがぼくを見て笑う
「やあ今晩は」
もうぼくはあいつを撃つ気力を失くしている。

昭和のさよなら

煙草の煙りの蒼さを覚えているかい
窓辺に置かれた風知草の
冷たい憂いに陽は射さない
オークの厚い扉から消えていった煙草の煙り
あれは昭和のさよなら。

A
20 CIGARETTES
LUCKY
STRIKE
"IT'S TOASTED"
CIGARETTES

明るい絶望

写真家の目はドブの上を流れる雲にのり
青草の露に入っていく
ピンクの薔薇の花心の奥深く
あゝなんてあっけらかんとした虚無だ
あとは墓標に残す言葉をブルーのインクで刻むだけ
「明るい絶望ここに眠る」と。

欲張り

捜しているものはなんだ
空に浮いている銀のトロンボーン
銀河で歌を唄うペンキ塗り立ての蛙
高さ千メートルの透明な水晶
まばたきをすれば写る写真機
すべてを消す消しゴム
目には見えないピストル
ぼくは欲張りのコレクター

世界の片隅をカメラで集めている
ぼくは世界一の欲張り。

尋ね人の時間

梅園町をまわって
榎町へ向う焼け跡の
屋敷の黒く高い塀に沿って
粗末な小屋があった
そこには目の見えない中年男と
狂った若い女が棲んでいた
二人は物憂い春の日にも
灼熱の夏の真昼にも

抱き合い縺れていた
ぼくたち少年は焼け跡で
三角ベースの野球をしているのだったが
時々小屋を覗き込んだ
そこには観音様の境内のような赤と黒と白と金の
暗くねっとりとした動く地獄絵があって
ぼくたちは息をのみ囃し立て
また三角ベースの野球に戻った
狂った女の赤い腰巻きと白い肌
それを見た目で追うボールと
草の匂い

昭和二十三年の日本
阿鼻叫喚と
「帰り船」と「リンゴの唄」と
「青い山脈」と
「尋ね人の時間」。

砂漠

砂漠の上の雲の影が
あまりにも大きいので
もはや世界は孤独ですらない
蠍は地中深く潜っていった
駱駝と太陽は地平に消えていった。

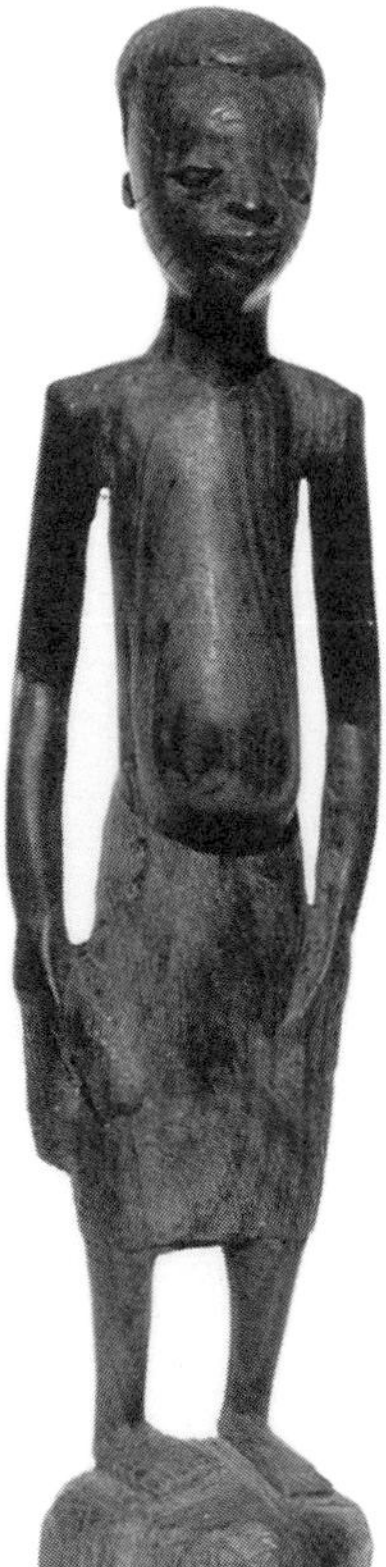

エクスプレッション

過ぎ去った日の一瞬
さよならのエクスプレッション
誰でもなかったあなたの影の
今は銀塩銀河の粒子
エリック・サティのピアノの音にも似て
激情と冷酷の雨だれのシンコペイション
どこまでが彼方なのか
いつまでが永遠なのか

一瞬が千年のように
孤独が微笑のように
表も裏も　この宇宙には無く
果ても終わりも無く
有るものは無いものだと
無いことは有ることだと知って
星はきらめきめぐって
あゝ過ぎ去った日の一瞬
さよならのエクスプレッション。

石の水

冬の日
緑色凝灰岩　結晶片岩　ホルンフェルス
蛇紋岩　花崗岩　石英閃緑岩をくぐり抜けた水が
千年の月日をかけて
ぼくの口から喉を流れ落ちていく
そんなとき思うのだ
数え切れないいのちのことを
その中にあったなみだと微笑のことを

石の冷たさと硬さのことを
この星の億年の歳月を。

花梨

吹雪の中を歩いていった
見知らぬ山門を過ぎると
葉が落ちて枝だけになった大きな木に
鮮やかな花梨の実が浮いていた
ぼくはふいを突かれて立ち止まる
その時木から雪の塊が音をたてて落ちた
寂寞と華麗な佇まい
胸にこみあげる熱いもの

ここは五合庵の近く
良寛も見上げたのだろうか
この雪と花梨を
気づけば雪はぼくの足を埋めて
ぼくはもはや花梨の木。

芥子

芥子の花びらの軽やかな薄さの
冬の日を乗せ宙に浮いている
隣りの部屋からシャコンヌが流れて
ぼくは時空のなかに溶け姿を失う
白　黄　橙　赤
芥子の色と硝子壜と淡い水の色
マチスもゴーギャンも彼方
いつの日にか行く星への海図を広げ

あゝ真昼
芥子の花びらの落ちていくさま。

ロンサム ムーン

ぼくは静かに狂っている
軽やかに狂っている
声は荒らげない
素っ頓狂に叫ばない
だが煮えたぎる赤い血は
いまにも皮膚を抜けて
噴き出しそう
ぼくは静かに狂っている

ぼくは軽やかに狂っている
ぼくは　ロンサム　ムーン。

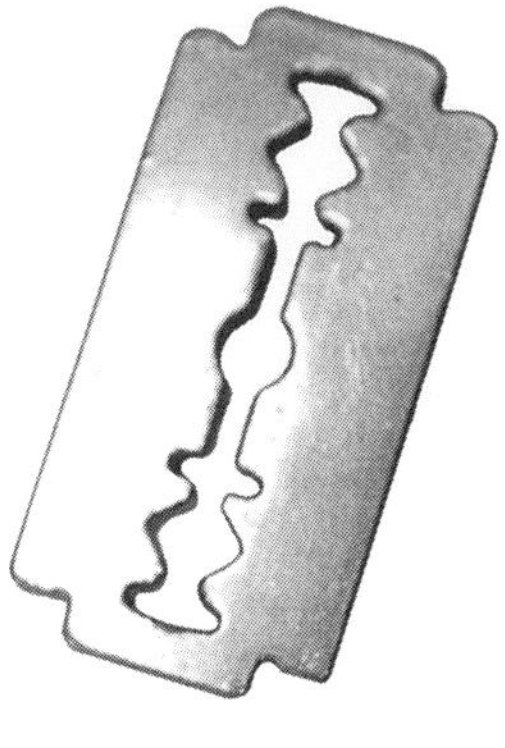

パタゴニアに死す

あっという間に車はスリップして
反対車線を越え、草原に入り
崖を落ちていった。
「馬鹿な」と写真家は思った。
そのとき車は宙に舞った。二回、三回。
「まさか」フロントガラスが
割れてゆっくりと飛び散った。
「死ぬかもしれない」と感じた。

空がさかさまに飛んでいった。
東京に帰ったとき友人のMが
「パタゴニアに死すか」
と笑ったが
写真家はただ遠くの闇を見つめていた。
「オレはあのとき死んだんだ」
という思いにふいに胸を突かれたのだった。

石の家

巨大なたったふたつの
石でつくられた家は
地図にはない
ポルトガルの
なだらかな丘の上にあった
あたりに家はなく
人も見えない
石の家には錆びた錠がかゝり

小さなガラスの窓からは
キッチンと本棚が覗ける
崖っぷちに青いペンキで塗られた
水のない斜めのプール
電気もなく
水道もない
この丘に
どうして石の家はつくられたのか
建築家のシミュレーション
芸術家のオブジェ
詩人の遊び

狂人の才気
写真家は
石の家を暗い箱にとじ込め
東京に持ち帰った
いまではフィルムの表層の幻影
紙に移され
マガジンを色どり
あなたが見つめている。

BASS LAKE LODGE
FISHING
CABINS

象虫

緑いっぱいの森の
切り株に座って
休んでいると
象虫がやってきた
なんておしゃれなんだ
ぼくはすっかり感心してしまい
おもわず声をかけた
「きみのポートレートを撮らせてくれないか」

象虫はゆっくり触角を揺らした
「午後にスタジオで」
「ここから遠いの？」
「あゝ遠い、でもぼくのポケットに入って飛行機に乗ればすぐさ」
「帰りは？」
「またポケットに入るさ」
ぼくは象虫を騙してしまった
ごめん
永遠のゾウムシ・フンデント・ワルサー。

星

日本の近代は嘘というコンクリートで固められていると
きみはいう
ぼくは思わずグラスを落しそうになる
窓の向こうに星がきらめいて
あの星から届く光は何億光年だろうかと
ぼくはいう
おまえってやつは
きみは微笑んでいう

手のひらに億光年の光を握り
酔いがまわってぼくは倒れた
目が覚めると
きみはいなくなって
あれからもう二十年
窓の向こうの小さな星に
きみは逝ったらしい。

真昼

八月の末
房総の金谷の港で
蛸が道路を横切って行くのを見た
熱い風が海から吹いて
蛸はその風に向って
未来から来た宇宙船のように
不器用にぐにゃりぐらりと揺れながら進んでいた
アスファルトの道路は黒々と焦げて

それでも蛸は
ぐにゃり
ぐらり
ぐにゃり
ぐらりと
重い頭と足で
海に還ろうとしていたのだ
蛸といういのちの塊の壮絶な意思
あのとき蛸は海へ還ったのか
それとも今もアスファルトの道路を
ぐにゃり

ぐらり
ぐにゃり
ぐらり
ぐにゃり
ぐらりと
移動しているのか
それとも今頃ギリシャの海で泳いでいるのか
この星の真昼。

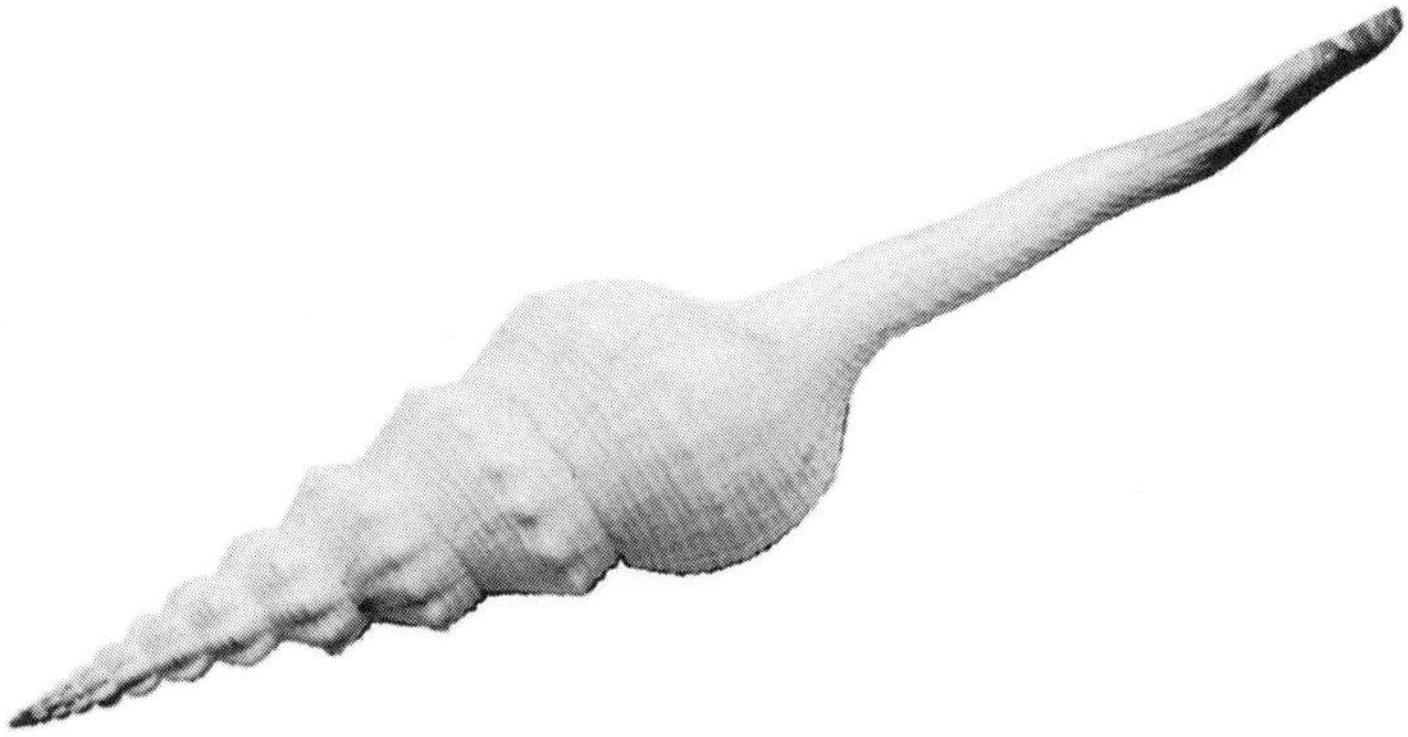

香水

夏の夕暮れ
空気の中にグレーとブルーが入り混じって
あたりはひんやりと薄暗い
ぼくは猫の風太を抱いて
朽ちかけたベランダで
籐の椅子に座り
ぼんやりと庭を眺めている
クローバーの花が咲き乱れ風に揺れ

まるで女学校の合唱団のように唄って
グレーとブルーとグリーンの
かすかな夏の匂い
ぼくは香水に潜む悪臭について
考えはじめる
素晴らしい香水に
秘密の悪臭が潜むということの意味
そのことは
素敵な人のこころに
似ていないだろうか
誰も気づかないあなたという素敵な人の

こころに潜む悪臭の不思議
深遠　複雑　芳醇
日はとっぷりと暮れて
小さな部屋にラリックの明かりが点く
不思議は今日も解けないまま暮れた。

秋の光

秋の光は
砂浜に染まって
淡い影になります
小さな穴から
白い蟹が出てきて
「やあきみか」と
ハサミをあげて
波の中に消えてゆきました

この星には
だれもいなくて
秋の光だけがチリチリ鳴って
とても静かです。

何処へ行く

東京の漆黒の空深く
火を吹いて汽車が走っていく
行先のプレートをはずして
何処へ行くのだ
遥かな銀河までは遠すぎる
窓の影は過去という名の人たち
外も見ないで揺られている
汽車は警笛も鳴らさないで

曲がりくねり落ちてゆく
何処へ行くのだ
東京の漆黒の空深く。

跋——内部にある風景

少年の頃、ビー玉やタイルの破片を集めていた。そのうちに鉱物採集に熱中した。やがて世界の片隅を暗箱にとじ込め持ち帰り、世間に見せることが日常になった。その間、自分の「内部にある風景」を書きつらねて詩のようなものをつくっていた。最初は十四歳だった。それが引出しの中やら、本の間などに散らばって残った。引越しなどで失くしてしまったものも多いが、ぼくの「内部にある風景」を蒐集していたわけだ。どうやら自分の「いのち」を構成している「内部」の分類分析をしていたらしい。自分というコンプレックスからの解放を願っていたのだ。詩は私小説の代用である、という説があるらしい。とはいえ告白というほど深刻な苦悩がテーマになっているわけではない。ぼくの抒情、あるいは「内部にある風景」を書いたに過ぎない。ここに並べた詩はタヒチやパタゴニア、サハラやベニス、プラハなどの旅先でメモしたものだ。だから親しい友だちへのとりとめもない手紙に似ている。ヴァレリィは散文は歩行で詩は舞踏である、というようなことを言っているが、ぼくはラグビー・フットボールのスタンドオフがステップを踏み、ボールを捌くようなつもりで書いた。だから舞踏に見えたらペケということだ。

題名のラッキーストライクは井伏鱒二さんの「厄除け詩集」にあやかった。

あなたとぼくにラッキーストライクがやってくるようにと。

追記

大切なことを書き忘れていた。

本書は若い日からの友人、幻冬舎の見城徹がいてくれなかったらこの世界に存在しなかった。

友情に深く感謝します。

ぼくに「ラッキーストライク」をアリガトウ。

二〇〇九年　晩夏　サンタフェに旅する前の日に。

著者略歴

浅井慎平（あさい・しんぺい）

写真家、作家
写真集『ビートルズ東京』『HOBO』『巴里の仏像』『good-bye』等。
小説『セントラルアパート物語』『早稲田界隈』等。
句集『二十世紀最終汽笛』『夜の雲』『ノスタルジア』等。
翻訳『気がついた時には、火のついたベッドに寝ていた』等。

ラッキーストライク

2009年10月10日　第1刷発行

著　者◉浅井愼平
発行者◉見城　徹

発行所◉株式会社 幻冬舎
〒151-0051東京都渋谷区千駄ヶ谷4-9-7
電話◉03(5411)6211(編集)
03(5411)6222(営業)
振替00120-8-767643
印刷・製本所：中央精版印刷株式会社

検印廃止

幻冬舎ホームページアドレス
http://www.gentosha.co.jp/

ISBN978-4-344-01741-2　C0095